UN BOLSILLO PARA CORDUROY

UN BOLSILLO PARA CORDUROY

texto e ilustraciones de DON FREEMAN

PUFFIN

A Takako Nishinoya,
quien sabe muy bien lo que siente
un oso por los bolsillos

PUFFIN BOOKS

Published by the Penguin Group

Penguin Putnam Books for Young Readers, 345 Hudson Street,
New York, New York 10014, U.S.A.

Penguin Books Ltd, 27 Wrights Lane, London W8 5TZ, England

Penguin Books Australia Ltd, Ringwood, Victoria, Australia

Penguin Books Canada Ltd, 10 Alcorn Avenue, Toronto, Ontario, Canada M4V 3B2

Penguin Books (N.Z.) Ltd, 182-190 Wairau Road, Auckland 10, New Zealand

Penguin Books Ltd, Registered Offices: Harmondsworth, Middlesex, England

A Pocket for Corduroy first published in the United States of America by
The Viking Press, 1978
First Spanish translation published by Viking Penguin,
a division of Penguin Books USA Inc., 1992
Published in Puffin Books, 1995

28 29 30

Copyright © Don Freeman, 1978
Translation copyright © Viking Penguin, a division of Penguin Books USA Inc., 1992
All rights reserved

THE LIBRARY OF CONGRESS HAS CATALOGED THE VIKING PENGUIN EDITION AS FOLLOWS:
Freeman, Don.
[Pocket for Corduroy. Spanish]
Un bolsillo para Corduroy / by Don Freeman.   p.   cm.
Translation of: A pocket for Corduroy.
Summary: A toy bear who wants a pocket for himself searches for one in a laundromat.
ISBN 0-670-84483 [1. Pockets—Fiction.   2. Teddy bears—Fiction.   3. Spanish language materials.]   I. Title.
PZ73.F7 1992 [E]—dc20 91-37890   CIP   AC

Puffin Books ISBN 978-0-14-055283-6

Manufactured in China
Set in Cloister Bold

Al final de una tarde de verano, Lisa y su mamá fueron a lavar la ropa a la lavandería automática.

Y Lisa, como hacía siempre que iban a la lavandería, llevó también a Corduroy, su osito de juguete.

A esa hora, siempre había mucha gente en la lavandería.

—Bueno, Corduroy, siéntate y espérame quieto aquí —dijo Lisa—. Tengo que ayudar a Mamá a lavar la ropa.

Corduroy esperó pacientemente. De repente, alzó las orejas.

La mamá de Lisa estaba diciendo: —Asegúrate de vaciar todos tus bolsillos, Lisa querida. No querrás que tus tesoros se mojen y se llenen de jabón.

"¿Bolsillos?" se dijo Corduroy. "¡Yo no tengo ningún bolsillo!"

Se deslizó de la silla, diciéndose:

"Tengo que encontrar algo para hacerme un bolsillo", y comenzó a buscar a su alrededor.

Primero vio una pila de toallas finas y paños para lavarse, pero nada era del tamaño o del color apropiado.

Luego, descubrió una enorme bolsa con ropa de colores.

—Aquí tiene que haber algo que sirva para hacer un bolsillo —dijo.

Sin dudar un momento, se metió dentro de la bolsa que estaba llena de ropa húmeda. Pero a Corduroy no le molestó en lo más mínimo que la ropa estuviera mojada.

—Esto debe ser una cueva —dijo, suspirando alegremente—. Yo siempre quise vivir en una cueva oscura y fresca.

Cuando Lisa fue a buscar a su osito, no lo encontró.

—¡Ay, Mami! —exclamó—. Corduroy no está donde lo dejé.

—Lo siento, cariño —dijo su madre—, pero la lavandería está por cerrar y tenemos que volver a casa.

Lisa no quería irse sin Corduroy, pero su madre insistió.

—Puedes volver mañana —dijo—. Estoy segura que todavía estará aquí.

Cuando salían, un hombre joven con gorra de pintor comenzó a sacar su ropa mojada de una bolsa. ¡Y era la misma bolsa que había descubierto Corduroy!

Antes de que pudiera darse cuenta de lo que ocurría, Corduroy fue arrojado junto con sábanas, camisas, calzoncillos y pantalones . . .

. . . dentro de la secadora. Pero en el mismo momento en que el pintor iba a cerrar la puerta de vidrio, Corduroy cayó al suelo.

"¿Cómo rayos se mezcló este osito con toda mi ropa?" se preguntó el pintor.

El pobre Corduroy estaba empapado.

"Lo menos que puedo hacer por él es secarle bien el trajecito", se dijo el hombre pensativamente.

Desabrochó los tirantes y puso el traje en la secadora.

Corduroy se mareó mirando la ropa que giraba, pero el pintor se sintió inspirado.

—¡De aquí puede salir un cuadro magnífico! —dijo, mientras sacaba un cuaderno de dibujo de su bolsillo y empezaba a dibujar el remolino de colores—. ¡No veo la hora de regresar a mi estudio!

Finalmente, la secadora dejó de dar vueltas y el hombre juntó toda su ropa. Luego, ayudó a Corduroy a ponerse el pantalón seco y tibio.

De repente, el encargado de la lavandería gritó: —¡Hora de cerrar! ¡Todo el mundo afuera!

Corduroy fue colocado suavemente sobre una lavadora.

"Me pregunto de quién será ese osito", se dijo el pintor mientras se marchaba. "Me parece que debería llevar su nombre encima. Es un compañerito muy bonito para estar perdido".

Tan pronto como se apagaron las luces, Corduroy continuó su búsqueda.

Se sorprendió al ver algo blanco que brillaba en la oscuridad.

—¡Quizá sea nieve! —dijo entusiasmado—. Siempre quise jugar en la nieve.

Corduroy volcó sin querer la caja abierta y de pronto se vio cubierto de suaves y resbaladizas escamas de jabón.

Poco a poco Corduroy empezó a resbalar y deslizarse . . .

—¡Oh, qué divertido! —dijo sonriendo—. Siempre quise bajar
esquiando por la ladera de una montaña.

Cayó de patitas en un cesto de ropa vacío.

"Esto debe ser una jaula", se dijo, mirando a través de las barras. "¡Yo *nunca* quise vivir en una jaula como los osos del zoológico!"

Pero Corduroy ya tenía sueño y muy pronto se quedó dormido.

A la mañana siguiente, cuando el encargado vino a abrir la lavandería,
Lisa ya estaba esperándolo.

—Ayer me olvidé algo aquí —le explicó Lisa—. ¿Puedo entrar a buscarlo?

—Claro que sí —dijo el encargado—. Mis clientes siempre se olvidan algo.

Lisa estaba mirando debajo de las sillas y detrás de las lavadoras cuando oyó que el encargado la llamaba.

—Señorita, ¿es esto lo que busca?

—¡Sí, sí! ¡Es mi mejor amigo! —gritó Lisa mientras corría hacia él. Se inclinó sobre el cesto y levantó a Corduroy.

—¡Así que era aquí donde te habías metido, picarón! —le dijo—. ¡Ya es hora de que te lleve a casa!

Lisa le dio las gracias al encargado y salió corriendo a la calle, abrazando a Corduroy con fuerza entre sus brazos.

—Te dije que me esperaras —dijo Lisa—. ¿Por qué desapareciste?

—Estaba buscando un bolsillo —dijo Corduroy.

—¡Oh, Corduroy! ¿Por qué no me dijiste que querías un bolsillo? —preguntó Lisa, apretándolo con ternura.

Esa misma mañana Lisa le cosió un bolsillo al pantalón de Corduroy.

—Y aquí tienes una tarjeta que hice con tu nombre para que la lleves en el bolsillo —dijo ella.

—Siempre quise tener un bolsillo de color morado con mi nombre dentro —dijo Corduroy mientras frotaba su nariz contra la de Lisa.